Philippe Beha

J'ai perdu mon chat

noir

Jaune

blanc

tout rond

tout mignon

imagine

J'ai perdu mon chat. Il est tout rond, tout mignon,

jaune, noir et blanc, son nom est Tout-Gris
et je me fais du souci.

J'ai retrouvé ton chat, jaune, noir et blanc.
Il pleurait sur un banc.

Ce n'est pas mon chat, c'est un léopard !
Mais je te remercie, il restera dans mon placard.

Voilà ton chat, tout rond et tout mignon.
Il se promenait sur le gazon.

Ce n'est pas mon chat, c'est un cochon !
Mais je te remercie, il s'installera dans mon salon.

Je te rapporte ton chat, tout gris et tout rond.
Il dormait sur le balcon.

Ce n'est pas mon chat, c'est un éléphant !
Mais je te remercie, il couchera sur mon divan.

J'ai rattrapé ton chat jaune et noir.
Il sautillait sur le trottoir.

Ce n'est pas mon chat, c'est un canari !
Mais je te remercie, j'ai de la place pour lui.

Dès que je l'ai appelé « Tout-Gris »,
ton chat m'a suivi jusqu'ici.

Ce n'est pas mon chat, c'est un mouton !
Mais je te remercie, il se blottira sur mon édredon.

Je te ramène ton chat blanc et noir.
Il se dandinait dans le couloir.

Ce n'est pas mon chat, c'est un pingouin !
Mais je te remercie, je vais lui trouver un petit coin.

J'ai repêché ton chat tout rond, jaune et noir.
Il nageait dans la baignoire.

Ce n'est pas mon chat, c'est un poisson!
Mais je te remercie, il fera des ronds
dans mon pot de cornichons.

J'ai même vu défiler un chien jaune,
une poule noire, une souris blanche
et un scarabée minuscule, jaune, noir et blanc.

Pour couronner la journée,
on m'a ramené un melon jaune tout rond
et un chapeau rond tout gris.

Tous ceux qui ne sont pas mon chat se sont endormis pour la nuit.

Moi je suis assis dans mon lit
et je m'ennuie de Tout-Gris.

Soudain aux petites heures, venant du haut du placard,
un gros bruit de moteur résonne dans le noir.
Ce sont les ronrons de Tout-Gris,
qui d'un bond atterrit dans mon lit.

J'ai retrouvé mon chat,
tout rond, tout mignon, jaune, noir et blanc.
Maintenant mes amis, passez une bonne nuit !

**Catalogage avant publication
de Bibliothèque et Archives nationales du Québec
et Bibliothèque et Archives Canada**

Beha, Philippe

J'ai perdu mon chat

(Mes premières histoires)
Pour enfants de 3 à 5 ans.

ISBN 978-2-89608-061-8

I. Titre. II. Collection : Mes premières histoires (Éditions Imagine).

PS8553.E398J34 2008   jC843'.54 C2008-940500-5
PS9553.E398J34 2008

J'ai perdu mon chat © Philippe Beha
© Les éditions Imagine inc. 2008
Tous droits réservés
Graphisme : David Design

Dépôt légal : 2008
Bibliothèque nationale du Québec
Bibliothèque nationale du Canada

Les éditions Imagine
4446, boul. Saint-Laurent, 7ᵉ étage
Montréal (Québec) H2W 1Z5
Courriel : info@editionsimagine.com
Site Internet : www.editionsimagine.com

Tous nos livres sont imprimés au Québec.

10 9 8 7 6 5 4 3 2 1

Société
de développement
des entreprises
culturelles
Québec

Conseil des Arts   Canada Council
du Canada   for the Arts

Gouvernement du Québec – Programme de crédit d'impôt
pour l'édition de livres – Gestion SODEC. Programme d'aide
aux entreprises du livre et de l'édition spécialisée.

Nous reconnaissons l'aide financière du gouvernement du Canada
par l'entremise du programme d'aide au développement de l'industrie
de l'édition (PADIÉ) pour nos activités d'édition.

Nous remercions le Conseil des Arts du Canada
de l'aide accordée à notre programme de publication.